Un pez
dos peces
pez rojo
pez azul

por Dr. Seuss

traducido por Yanitzia Canetti

LECTORUM
PUBLICATIONS INC
a subsidiary of Scholastic Inc.
New York

De allá hasta acá,
de acá hasta allá,
hay cosas divertidas
en cualquier lugar.

Un pez

dos peces

pez rojo

pez azul

Pez negro

pez azulito

pez anciano

pez bebito.

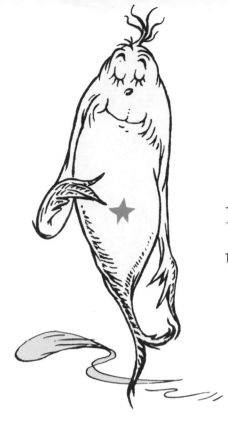

Éste tiene
una estrella.

Y éste corre a todo dar.
Va tan rápido en su auto
¡que se va a estrellar!

Sí. Los hay azules y colorados.

Los hay muy jóvenes, los hay ancianos.

Los hay llorosos

y jubilosos...

Pero hay algunos muy, muy, muy
malos.

¿Por qué son diferentes?

La verdad, no lo sé.

Pregúntale a tu papá.

Él sabrá por qué.

Unos son flacos.

Otros son gordos.
El gordo tiene
un pequeño gorro.

De allá hasta acá,
de acá hasta allá,
hay cosas divertidas
en cualquier lugar.

Aquí vienen unos.

Correr les divierte.

Corren muy felices

bajo el sol caliente.

¡No lo puedo creer!
¡No lo puedo creer!
¡Cuántas cosas chistosas
desde aquí podemos ver!

Unos tienen dos patas.

Y cuatro tiene otros.

Unos tienen seis patas

y algunos tienen ocho.

Pero, ¿de dónde vienen? Yo ni me lo imagino.

Apuesto a que vinieron,

por un largo camino.

Los vemos venir.

Los vemos partir.

Unos, rapidísimos.

Y otros, lentísimos.

Algunos van alto.

Otros van muy bajo.

Ninguno igual
a los demás.
No me preguntes por qué.
Pregúntale a tu mamá.

¡Oye!

¡Mira sus dedos!

Uno, dos, tres...

Dime cuántos dedos

puedes ver.

Uno, dos, tres,

cuatro, cinco, seis,

siete, ocho, nueve, diez.

¡Tiene once! ¿No lo ves?

¡Once!

¡Vaya qué bien!

¡Yo quisiera tener

once dedos también!

¡Pon, pon, pon!

¡Qué coscorrón!

¿Has montado en camellón?

Tenemos un camellón

que tiene un solo chichón.

Pero conozco a un señor
que se llama don Gastón
que tiene un camellón
con chichones a montón.
Si quieres ir pon, pon, pon,
sube, súbete al chichón
del camellón de Gastón.

¿Quién soy yo?
Soy Tito Orta.
Y no me gusta
esta cama corta.

Algo no funciona,
algo está al revés,
de esta camita
se me salen los pies.

Y si me doy la vuelta,

¡ay, por favor!,

mi cabeza no cabe,

y eso es peor.

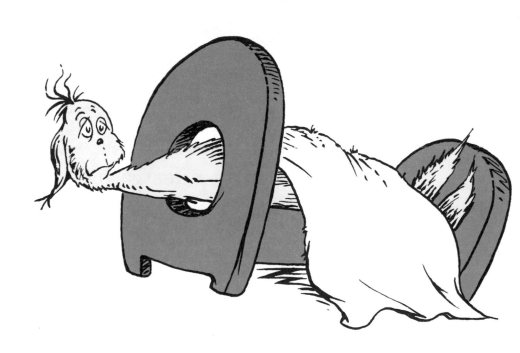

Nos gusta nuestra bici.

Está hecha para tres.

Y atrás va nuestro Misi

sentado, como ves.

Nos gusta nuestro Misi
y con toda la razón:
si vamos cuesta arriba,
nos da un buen empujón.

Hola, hola, Tito Orta.

Dime, dime,

¿qué ha pasado?

Cuéntame,

¿cómo has estado?

¿Cómo está

tu cama corta?

Anda dime, Tito Orta.

A mí no me gusta

esta cama ni un poco.

Un montón de cosas

llegan a lo loco:

una vaca, un perro, un gato, un ratón.

¡Vaya qué cama! ¡Qué familión!

¡Ay qué horror!

No puedo oírte.

Anda, acércate,

no es chiste.

Por favor, mira en mi oreja.

Temo que ahí ande una abeja.

Había un pájaro en tu oído.

Mas no temas, ya se ha ido.

Podrás oírme, querido.

Mi sombrero se ve usado.
Y mis dientes son dorados.

Un pajarito yo tengo.
¡Mira qué bien lo sostengo!

Yo tengo un pie sin zapato.
¡Ay, qué frío me da al rato!

Yo tengo un pie sin zapato.

¡Ay, qué frío me da al rato!

Un pajarito yo tengo.

¡Mira qué bien lo sostengo!

Mi sombrero se ve usado.

Y mis dientes son dorados.

Y este cuento

se ha acabado.

Al dar un vistazo,
vimos un Nicazo.
Desde su sombrero
colgaba un anzuelo.
Y haciendo equilibrio,
atado iba un libro
que al frente decía:
La cocina al día.

Trató de cocinar
y se sentó en el suelo.
Y se puso a mirar
el libro en el anzuelo.

Como no sabía leer,
la cena no pudo hacer.
Así es que...
no le dio buen resultado
aquel libro así colgado.

35

La luna había salido
y vimos unos carneros.
Vimos unos carneros
caminando dormidos.

A la luz de la luna,
a la luz de un lucero
caminaron dormidos
desde cerca hasta lejos.

¿Caminar en la noche?
¡Yo prefiero ir en coche!

37

Este personaje
no me acaba
de gustar:
él no hace
más que gritar.
No, no lo soportaré.
Al llegar
lo sacaré.

Callado como
un ratón,
éste me gusta
un montón.

En mi casa

abrimos latas.

Siempre abrimos

muchas latas,

con la ayuda

de la Zata.

Es buena la Zata

para las latas.

¿Tú tienes Zata

para las latas?

Me gusta mucho boxear.

Es que es una maravilla.

Por eso todos los días

yo boxeo con Goxilla.

Con medias amarillas
boxeo con Goxilla.
Boxeo con Goxilla
con medias amarillas.

Qué alegre es cantar.
Cantar con Yuno.
Yuno canta mucho
mejor que ninguno.

Yo canto alto
y mi Yuno bajito.
No nos queda mal,
se oye bonito.

Si no me equivoco,
él se llama Yoko.

Guiña el ojo un poco.
¡Bebe como loco!

Le gusta beber cosas distintas.

Lo que más le gusta beber es la tinta.

Le gusta beber tinta rosada.

Se nota que le gusta por la mirada.

Así es que...

Si tienes mucha tinta rosada,

o si tan solo tienes un poco,

pienso que debes buscar un Yoko.

Salto, salto, salto.
Soy un Yalto.
Lo que más me gusta
es dar saltos.
De un dedito al otro
salto y salto.

De derecha a izquierda
y después
salto a la derecha
otra vez.

Me gusta saltar
de noche y de día,
de derecha a izquierda...
¡Vaya, qué energía!

¿Y por qué me gusta
saltar y saltar?
No lo sé, pero a tu papá
le puedes preguntar.

49

¡Cepillar! ¡Cepillar!

¡Cepillar! ¡Cepillar!

¡Peinar! ¡Peinar!

¡Peinar! ¡Peinar!

Un cabello azul

me divierte

arreglar.

Si te gusta peinar

y también cepillar,

lleva una mascota

como ésta a tu hogar.

¿Y esta mascota...

quién es?

Se ha mojado hasta los pies.

A que no has visto

en tu vida

una cosa parecida:

una mascota mojada,

¡completamente empapada!

¿Una cometa has volado
en tu camita acostado?

Diez gatos en la cabeza,
es cosa de gran destreza.

¿Ordeñaste alguna vez
una vaca como ésta?
Nosotros dos sí lo hicimos.
Hacerlo nada nos cuesta.

Si nunca lo has intentado,
algo bueno te has perdido.
Verás como es de tu agrado.
Es realmente divertido.

¡Hola, hola!
¿Estás ahí?
¡Hola, hola!
No te oí.
Para saludar
llamé.
¿Me puedes oír, José?

Oh, no.

Yo no escucho tu llamada.

No te escucho para nada.

Esto no funciona bien.

¿Y quieres saber por qué?

Hay un ratón juguetón

que me ha cortado el cordón.

De allá hasta acá,
De acá hasta allá,
hay cosas divertidas
en cualquier lugar.

Las mascotas amarillas
todas se llaman Zedillas.
Y tienen un solo pelo
a mitad de la coronilla.
Como el pelo crece pronto
y les cubre la frente,
necesitan recortarse
el cabello diariamente.

¿Quién soy yo?

Me llamo Tato.

En mi mano tengo un plato.

Cuando yo tengo el plato,

mi deseo llega al rato.

Hago un gesto con la mano,
se escucha como un silbato.
Y digo: "Quiero pescado".
Y el pescado llega al plato.

Si un día quieres pescado,
haz un gesto como Tato,
y verás que al poco rato
el pescado llega al plato.

En casa jugamos
en toda ocasión,
a un juego llamado
"Atínale al Ton".

¿Te gusta este juego?
¡Pues corre enseguida!
Que como este Ton
no hay otro en la vida.

Mira lo que hallamos

muy tarde

en el parque.

Se llamará Calasa.

Llevémoslo a casa.

Allá vivirá.

Mucho crecerá.

Pero me pregunto:

¿Lo querrá mamá?

Y ahora,

buenas noches.

Ya vamos a dormir.

Estaremos muy cerca

del querido Omir.

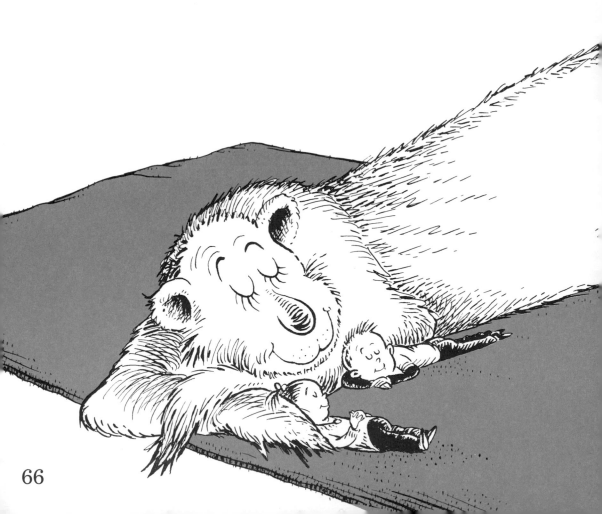

Este día ha terminado.

¡Cuánto lo hemos disfrutado!

Mañana otro día será.

Y cada día, acá o allá,

muchas cosas divertidas

buscarás y encontrarás.

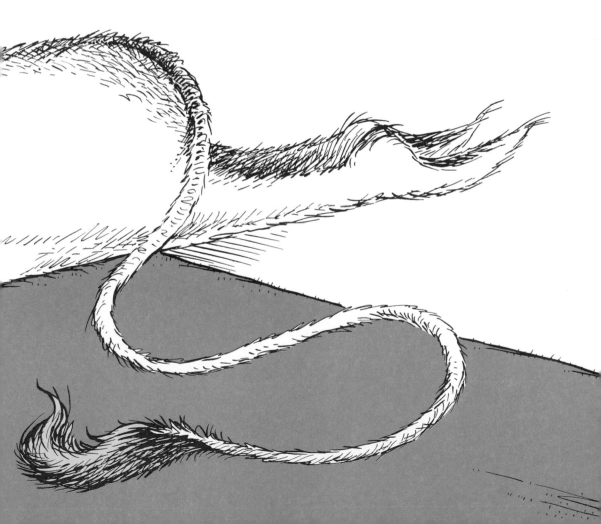